An tUan
Beag Dubh

· Elizabeth Shaw ·

Leagan Gaeilge: Daire Mac Pháidín

THE O'BRIEN PRESS
DUBLIN

An chéad chló 2004 ag
The O'Brien Press Ltd,
12 Terenure Road East, Rathgar, Dublin 6, D06 HD27, Ireland.
Fón: +353 1 4923333; Facs: +353 1 4922777
Ríomhphost: books@obrien.ie
Suíomh gréasáin: www.obrien.ie
Is ball d'Fhoilsiú Éireann é The O'Brien Press.
Athchló 2005, 2009, 2010, 2016, 2019.

ISBN: 978-0-86278-867-4

6 8 10 9 7
19 21 20

Eagarthóir: Daire Mac Pháidín
Dearadh leabhair: The O'Brien Press Ltd.
Clódóireacht: Sprint Print.

Foilsithe i mBaile Átha Cliath:

DUBLIN
UNESCO
City of Literature

Fuair *An tUan Beag Dubh* tacaíocht ón gComhairle Ealaíon.

NÓTA AR AISTRIÚCHÁIN

Aistríodh an leabhar seo go
Gearmáinis, Spáinnis, Danmhairgis,
Sualainnis, Portaingéilis, Laitvis,
Tuircis agus Seapáinis.

Bhí aoire ina chónaí
ar na sléibhte fadó.
Bhí madra aige.
Póló ab ainm dó.
Thug an t-aoire agus Póló
aire do na caoirigh.

Thug Póló aire an-mhaith
do na caoirigh, go speisialta
nuair a bhí an t-aoire ag cniotáil.
Chniotáil sé blaincéid,
stocaí agus scairfeanna le díol.

Nuair a chonaic an t-aoire
caoirigh ag dul ar strae,
shéid sé feadóg
agus bhailigh Póló ar ais iad.

Nuair a bhí an ghrian ag dul faoi,
bhailigh Póló na caoirigh
agus léim siad isteach sa chró.
Chuntas an t-aoire
na caoirigh ar fad.

Bhí dath bán ar na caoirigh ar fad.

Ach bhí uan beag amháin ann
a raibh dath **dubh** air.

Níor éist an t-uan beag dubh seo
le Póló ar chor ar bith.

Chuir sé seo fearg ar an madra!

'Ní maith liom

an t-uan beag dubh sin!'

arsa Póló leis an aoire.

'Ní éisteann sé liom!'

'Ní maith le Póló mé,'
arsa an t-uan beag dubh
leis an aoire,
'mar go bhfuil mé **dubh**.
An féidir leat geansaí bán
a chniotáil dom agus ansin
beidh mé cosúil
leis na caoirigh eile?'

19

'Ach is breá liom
an dath atá ort,'
arsa an t-aoire leis.
'Tá sé difriúil. Is féidir liom
tú a fheiceáil i gcónaí.'

21

Ach lean Póló ag troid
leis an uan beag dubh.
'Ní maith liom tú.
Ní éisteann tú liom.
Ní bheidh tusa anseo rófhada,'
arsa Póló leis.

23

D'fhéach an t-uan beag dubh
suas sa spéir agus chonaic sé
scamaill mhóra dhubha ag teacht.
'Tá báisteach ag teacht,' a dúirt sé.
'**Níl** aon bháisteach ag teacht,'
arsa Póló leis go feargach.

Tar éis cúpla nóiméad
thosaigh stoirm mhór.
Bhí sé ag cur sneachta go trom.
Rith an t-aoire agus Póló
ar ais chuig an teach
ar nós na gaoithe.

Bhí an bheirt acu fliuch báite.

Shuigh siad os comhair na tine.

'Beidh na caoirigh ceart go leor,'

arsa an t-aoire.

'Tá cótaí móra orthu.'

Chuaigh Póló agus an t-aoire
a chodladh an oíche sin.
'Ná bí buartha faoi na caoirigh,'
arsa Póló. 'Fanfaidh siad
ar an sliabh.'

Ach bhí eagla ag teacht
ar na caoirigh.

'Cá bhfuil Póló?' a dúirt siad.

'**Cad a dhéanfaimid**?'

'Ná bí buartha,'
arsa an t-uan beag dubh.

'Sílim go bhfuil pluais anseo
in áit éigin. Lean mise.'

Lean na caoirigh
an t-uan beag dubh suas
go dtí an phluais.
D'fhan siad ansin
ar feadh na hoíche.
'Tiocfaidh an t-aoire ar maidin,'
arsa an t-uan beag dubh
leis na caoirigh eile.

An chéad mhaidin eile
bhí sneachta ar fud na háite.
Ní raibh Póló ná an t-aoire
ábalta na caoirigh a fheiceáil.
Bhí dath bán ar gach rud.

'Ní aoire maith mé,'

arsa an t-aoire le Póló.

'Chaill mé na caoirigh ar fad!'

'Beidh siad cráite, caillte

gan **mise**,' arsa Póló leis.

Ach ansin chonaic siad

spota beag dubh

ar bharr na sléibhte.

'B'fhéidir gurb é sin an t-uan
beag dubh,' arsa an t-aoire
agus áthas air.

Bhrostaigh sé suas an sliabh.

Bhí an-áthas ar an aoire

nuair a chonaic sé an t-uan beag

dubh agus na caoirigh eile.

'Is uan beag iontach tú,'

a dúirt sé leis.

'Shábháil tú na caoirigh eile!'

Ach ní raibh Póló sásta

é a fheiceáil arís.

Tháinig an ghrian amach
agus d'imigh an sneachta.
'Siúlaigí abhaile!' a d'ordaigh Póló.
D'iompair an t-aoire
an t-uan beag dubh síos an sliabh.
'Bheinn caillte gan **tú**!'
a dúirt sé leis.

Nuair a tháinig an samhradh arís
bhí ar an aoire na caoirigh
a lomadh.

'Tá sé in am an t-uan beag dubh
a dhíol,' arsa Póló nuair a
chonaic sé an olann dhubh.

'Níl sé cosúil leis na caoirigh eile.'

'Níor mhaith liom é a dhíol,'
arsa an t-aoire leis.

'Tá smaoineamh eile agam.'

'Is féidir liom éadaí áille
a chniotáil leis an olann
dhubh agus bhán,' arsa an t-aoire.
Chniotáil sé stocaí, blaincéid
agus scairfeanna – iad ar fad
dubh agus bán.
Dhíol sé iad ag an margadh.
Cheannaigh sé caoirigh dubha eile
leis an airgead.

49

Faoi dheireadh bhí caoirigh
bána aige, caoirigh dubha agus
caoirigh le spotaí orthu!
Bhí siad go hálainn
mar go raibh siad
ar fad difriúil.

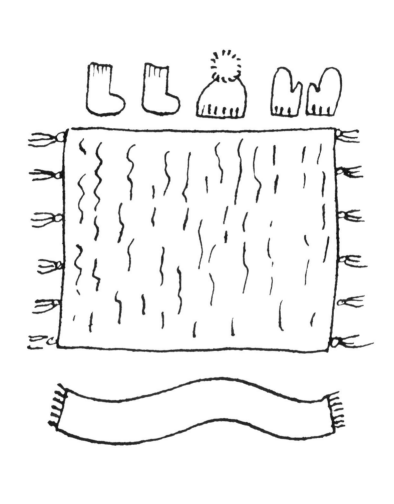